PASSEPEUR

LES DERNIERS TERRIENS

Texte et illustrations
de
Richard Petit

Boomerang
Éditeur jeunesse

Texte et illustrations de Richard Petit

Dépôt légal : Bibliothèque et Archives
nationales du Québec, 3e trimestre 2007

ISBN : 978-2-89595-235-0

Imprimé au Canada

Gouvernement du Québec – Programme de crédit d'impôt
pour l'édition de livres – Gestion SODEC

Boomerang éditeur jeunesse remercie la SODEC
pour l'aide accordée à son programme éditorial.

Nous reconnaissons l'aide financière
du gouvernement du Canada par l'entremise
du Programme d'aide au développement de l'industrie
de l'édition (PADIÉ) pour nos activités d'édition.

edition@boomerangjeunesse.com
www.boomerangjeunesse.com

TU CROIS AVOIR CHOISI CE LIVRE ?
C'EST PLUTÔT CETTE AVENTURE QUI
T'A SÉLECTIONNÉ…

OUI ! Car tu es la seule personne capable de mener à bien
la plus grande de toutes les missions…
SAUVER LA TERRE !

Notre planète est sur le point d'être envahie
par une armée de cruels extraterrestres venus des confins
de la galaxie... DES OVNIENS ! Ces êtres ignobles et sans
pitié ont des projets pour la race humaine…
DES PROJETS D'EXTERMINATION !

La réussite de cette mission dangereuse semble déjà
compromise, car plusieurs autres monstres qui hantent les
nuits se sont joints aux envahisseurs. Ensemble, ces
armées du chaos s'apprêtent à ravager tout sur leur passage
dans un but ultime : l'anéantissement total des humains
pour faire de notre planète bleue leur planète noire à eux.

Débarrasser la terre des forces du mal, voilà ta mission. Si
tu réussis, tu entreras… DANS LA LÉGENDE !

TON ZAPPOR

Te lancer tête première dans l'action sans te préparer serait de la pure folie. Alors, vaut mieux parfaire tout d'abord tes connaissances et tes aptitudes.

Pour t'aider dans cette mission périlleuse, tu seras accompagné d'un ami très cher… TON ZAPPOR ! Ce zappor est un pistolet désintégrateur cool et très puissant. Si ton activité préférée est le bousillage des méchants, tu seras servi. Pour commencer, il faut t'entraîner à t'en servir.

Si tu tournes les pages de ton livre, tu remarqueras, sur les images en bas à gauche, un ovnien, ton zappor et le rayon lancé par ton arme. Cet ovnien représente tous les monstres que tu vas affronter dans ton aventure. Plus tu t'approches du centre du livre, plus le rayon destructeur se rapproche de l'ovnien. JETTE UN COUP D'ŒIL !

Lorsque, dans ton aventure, tu fais face à un ennemi et qu'il t'est demandé d'essayer de le pulvériser avec ton zappor, mets un signet à la page où tu es, ferme ton livre et rouvre-le en essayant de viser le milieu du livre. Si tu t'arrêtes sur une image semblable à celle-ci,

TU AS RATÉ TON TIR ! Alors, tu dois suivre les instructions au numéro où tu as mis ton signet. Exemple : *Tu as raté ton tir, rends-toi au numéro 27.*

Si par contre tu réussis à t'arrêter sur une des six pages centrales du livre portant cette image,

TU AS PULVÉRISÉ TON ENNEMI ! Tu n'as plus qu'à te diriger à l'endroit indiqué dans le texte où tu as mis ton signet. Exemple : *Tu as réussi à pulvériser ton ennemi, rends-toi au numéro 43.*

VAS-Y ! Fais quelques essais...

LES PAGES DU DESTIN

Lorsqu'il t'est demandé de TOURNER LES PAGES DU DESTIN afin de savoir si un monstre va t'attraper, mets un signet à la page où tu es, et fais tourner les pages du livre rapidement. Ensuite, arrête-toi AU HASARD sur l'une d'elles. Sur les pages de droite, il y a trois icônes. Si tu retrouves cette icône-ci sur la page où tu t'es arrêté :

TU T'ES FAIT ATTRAPER ! Alors, tu dois suivre les instructions au numéro où tu as mis ton signet. Exemple : *Le monstre a réussi à t'attraper ! Rends-toi au numéro 16.*

Tu es plutôt tombé sur cette icône-là ?

ALORS, TU AS RÉUSSI À T'ENFUIR ! Tu dois donc suivre les instructions au numéro où tu as mis ton signet. Exemple : *Tu as réussi à t'enfuir ! Va au numéro 52.*

Lorsqu'il t'est demandé de TOURNER LES PAGES DU DESTIN afin de savoir si un monstre t'a vu, fais la même chose. Tourne les pages et arrête-toi AU HASARD sur l'une d'elles. Si, sur cette page, il y a cette icône-ci :

 LE MONSTRE T'A VU ! Alors, tu dois te rendre au numéro indiqué dans le texte.

Tu es plutôt tombé sur celle-là ?

 IL NE T'A PAS VU ! Rends-toi au numéro correspondant.

Afin de savoir si une porte est verrouillée ou non, fais tourner les pages et si sur cette page, il y a cette icône-ci :

 LA PORTE EST FERMÉE ! Alors, tu dois te rendre au numéro indiqué dans le texte.

Tu es tombé sur celle-là ?

 ELLE EST OUVERTE ! Rends-toi au numéro correspondant à l'endroit où la porte s'ouvrira.

TA VIE NE TIENT QU'À UN FIL.

Cette vie que tu possèdes pour cette aventure comporte dix points. À chaque coup porté contre toi, elle descendra d'un point. Si jamais elle tombe à zéro, ton aventure sera terminée, et tu devras recommencer au début du livre.

COMMENT TENIR LE COMPTE

 Sur la page de droite se trouve ta ligne de vie. BRICOLAGE OBLIGE ! Tu dois tout d'abord découper les petites lignes pointillées jusqu'au point rouge, et ensuite plier les dix petits rabats pour cacher complètement le squelette.

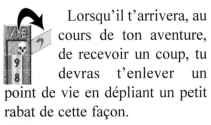

Lorsqu'il t'arrivera, au cours de ton aventure, de recevoir un coup, tu devras t'enlever un point de vie en dépliant un petit rabat de cette façon.

 Et ainsi de suite, cha-que fois qu'il t'arrivera malheur, ce sera tou-jours indiqué.

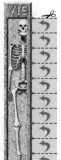 Si le squelette se retrouve complètement découvert, c'est ter-miné pour toi.

TU DOIS ALORS RECOMMENCER TON AVENTURE AU DÉBUT DU LIVRE !

RASSURE-TOI ! Tu pourras retrouver partout des élixirs cachés qui augmenteront ta ligne de vie. Si jamais tu en trouves, tu n'auras qu'à plier un petit rabat pour soigner tes blessures.

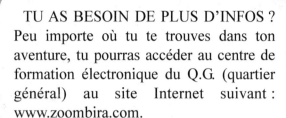

TU AS BESOIN DE PLUS D'INFOS ? Peu importe où tu te trouves dans ton aventure, tu pourras accéder au centre de formation électronique du Q.G. (quartier général) au site Internet suivant : www.zoombira.com.

TU ES FIN PRÊT ! Ton arme entre les mains, tu fonces vers l'extérieur de la salle du point de presse du quartier général où l'action t'attend.

Rends-toi au numéro 1.

Dehors, la plupart des habitants de la ville ont respecté le couvre-feu instauré par les autorités. Les rues sont désertes et dans tes oreilles, tu ne peux entendre que le bruit du vent qui gémit, précurseur d'une grande menace.

Les images saisissantes des reportages télé ont réussi à semer une grande panique dans la population. Ces images de vaisseaux spatiaux qui atterrissaient pour capturer hommes, femmes et enfants. Toi aussi tu as été effrayé lorsque tu as vu ces êtres immondes emporter leurs captifs dans leurs vaisseaux dans le but de se livrer à toutes sortes d'expériences horribles sur eux.

Tu marches au beau milieu de la rue. Autour de toi, toutes les fenêtres des maisons sont barricadées. Les gens croient que de simples planches de bois cloûées vont réussir à les protéger. Ils font une très grosse erreur !

Toi, tu as compris que la meilleure façon de se défendre contre ces envahisseurs était de riposter et non de se cacher. Œil pour œil ! dent pour dent ! Voilà ta seule planche de salut...

L'ordinateur du Q.G. a rassemblé toutes les données et est arrivé à établir une stratégie : faire preuve d'hostilité envers les ovniens serait voué à la catastrophe. Il faut tout d'abord attaquer leurs alliés. Des bribes d'informations non vérifiées parlent d'une alliance entre les ovniens et certaines créatures nocturnes. À TOI DE VÉRIFIER !

Va explorer le vieux cimetière de la ville au numéro 2.

2

LE CIMETIÈRE DES PAMORT

Rends-toi au numéro inscrit sur la section du cimetière que tu désires explorer…

LES PAGES DU DESTIN

3 La grille s'est affaissée sur ses gonds et ne risque pas de se refermer derrière toi. Cependant, une curieuse araignée trotte sur sa toile *au numéro 12* et tu entends un bruit dégoûtant qui provient de la serrure *au numéro 11*. Tu peux aussi revenir sur tes pas *au numéro 2*…

Rends-toi au numéro que tu auras choisi…

4 À pas mesurés, tu avances vers le grand arbre mort. La lune projette sur le sol boueux du cimetière les ombres lugubres de quelques branches de l'arbre dressées vers le ciel sombre telles des mains décharnées prêtes à t'étreindre.

Ses racines tortueuses ressemblent à des serpents endormis *au numéro 14*. Accrochées aux branches, des chauves-souris pendent, tête en bas, *au numéro 15*. De l'autre côté de l'arbre, tu entrevois un visage taillé dans l'écorce même *au numéro 16*. Un peu au-dessus de ta tête, tu remarques un énorme trou creusé à même le tronc *au numéro 18*.

Rends-toi au numéro que tu auras choisi…

5 Tu avances vers cette pyramide de crânes aux dents blanches qui font claquer leur mâchoire. Jamais auparavant tu n'avais vu une telle chose… UN CRÂNE RÉPUGNANT AVANCE VERS TOI EN ROULANT SUR LE SOL TELLE UNE BOULE DE JEU DE QUILLES !

Tu dégaines ton zappor au numéro 26.

6 Prudemment, tu avances vers la crypte lugubre de pierres usées et craquelées. Le seuil de l'entrée est traversé de plusieurs toiles d'araignées, ce qui signifie que personne n'a pénétré dans ce petit sanctuaire des morts depuis longtemps, et surtout… PERSONNE N'EN EST SORTI ! D'un coup de karaté, tu brises les toiles et tu poses ta main sur cette curieuse poignée à la forme d'un visage de diable qui semble te sourire. Est-ce que la porte est verrouillée ?

Pour le savoir… TOURNE LES PAGES DU DESTIN ! Mets un signet à cette page, ferme ton livre et ouvre-le au hasard.

Si tu es tombé sur un trou de serrure noir, la porte est verrouillée. Va au numéro 20.

Si tu es tombé sur un trou de serrure blanc, la porte est déverrouillée ! Ouvre-la au numéro 30.

7 Tu ravales bruyamment ta salive et tu te diriges vers les cercueils. Tu n'as jamais été très à l'aise près de ces boîtes à cadavres, non, vraiment pas. Surtout que parmi celles-ci, il y en a une qui semble être tout à fait de ta taille… CURIEUX !

Tu peux t'approcher de ce cercueil, au numéro 37. Si tu préfères faire le tour de cet étrange amas de grandes caisses en bois, va au numéro 38.

LES PAGES DU DESTIN

8 Il y a un dicton qui dit : pierre tombale devant toi, cadavres décomposés sous toi… Tu avances vers les vieilles plaques de pierres lézardées. Sur toutes les dalles, ravagées par le temps, les lettres se sont effacées. Sur l'une d'elles, toutefois, il y a un visage. Lorsque tu veux t'approcher, les yeux se mettent à bouger. Tu sautes te cacher derrière un arbre. As-tu été aperçu par cet étrange visage de pierre ?

Pour le savoir… TOURNE LES PAGES DU DESTIN ! Mets un signet à cette page, ferme ton livre et ouvre-le au hasard.

Si tu tombes sur un œil ouvert, le visage t'a vu. Rends-toi au numéro 39.

Si tu t'es arrêté sur un œil fermé, il ne t'a pas vu ! Va au numéro 40.

9 Malgré la très forte probabilité d'un affaissement total de cette ruine, tu t'y aventures sans réserve. Il est clair pour toi que cette construction a subi une attaque des ovniens, car les débris fument encore. Il faudrait peut-être fouiller les décombres à la recherche de survivants ?

Il y a une télévision qui semble toujours fonctionner *au numéro 47*. Dans la partie sombre, tu entends pleurnicher *au numéro 46* et à l'extrémité de deux grandes poutres en métal, des éclairs jaillissent de façon intermittente *au numéro 48*.

Rends-toi au numéro de la partie des décombres que tu désires examiner.

10 Ce n'est pas bien compliqué ! Lorsqu'il y a un trou dans le sol devant une pierre tombale et que sur cette pierre tombale TON NOM est gravé, ça va très mal… Mais rassure-toi, ici ce n'est pas le cas. Avec ce grand sens de déduction qui te caractérise, tu examines les lieux. Un trou comme celui-ci pourrait être synonyme de zombi sorti de sa fosse. Mais ce trou-ci est rectangulaire, donc creusé avec une machinerie lourde. Ce n'est sûrement pas un zombi qui l'a creusé avec ses mains ! Tu te penches pour sonder le fond. C'EST TRÈS CREUX ! Tu pourrais y mettre plusieurs de ces répugnants petits ovniens. Tu ramasses une branche et tu grattes sur le gros tas de terre près du trou le mot *réservé*. VOILÀ ! Tu as maintenant un endroit où empiler les corps des ovniens que tu vas exterminer.

Rends-toi au numéro 42.

11 Le bruit se fait de nouveau entendre ! POUAH ! C'est identique au son que fait ton ami Alex lorsqu'il avale sa grosse gomme à mâcher ! RÉPUGNANT ! Tu te penches pour voir de quoi il s'agit. Un œil te regarde. Tu te relèves vite ! Il n'y a personne de l'autre côté de la grille. Tu examines de plus près la serrure et tu te rends compte que l'œil est dans le trou même de cette serrure.

Si tu veux, tu peux prendre cet œil gluant entre tes doigts, puis tu te rends au numéro 13.

Tu peux aussi laisser cette dégueulasserie où elle est et revenir sur tes pas. Retourne au numéro 2.

LES PAGES DU DESTIN

12 Poussé par ta curiosité, tu t'approches de la toile. Tu sursautes en apercevant l'étrange arachnide. Comme toutes les autres tarentules, elle a un corps noir et très poilu, mais sa tête est verte, VERTE COMME CELLE D'UN OVNIEN ! Tu tentes de reculer, mais il est trop tard. Rapide, elle saute et atterrit sur ton épaule. Juste avant que tu ne l'envoies *ad patres* d'une puissante chiquenaude, elle enfonce ses deux mandibules dans ton cou et t'inflige une profonde blessure.

Déplie deux rabats pour enlever deux points à ta ligne de vie, et retourne au numéro 2.

13 Tu inspires profondément et tu saisis l'œil gluant. Lorsque tu y touches, tu remarques qu'il est chaud comme s'il venait tout juste d'être arraché de la tête d'une créature quelconque… Après l'avoir examiné minutieusement, tu constates qu'il s'agit en fait d'une caméra très sophistiquée. Une importation, quoi ! Ça vient de très loin, de très très loin, ce bidule-là ! D'une autre galaxie, en fait ! OUI ! Les ovniens te surveillent. Tu campes l'objectif de la caméra devant ton visage et tu leur fais une très affreuse grimace. Ensuite, tu la jettes par terre et tu l'écrases avec ton pied. Ces saletés d'ovniens savent maintenant que tu es à leurs trousses !

Tu reviens sur tes pas, au numéro 2.

14 Tu t'accroupis et tu touches une racine du bout de tes doigts. NON ! Ce sont les écailles de la peau d'un serpent. Tu bondis sur tes pieds et tu essaies de reculer. Tu en es incapable, car tes pieds sont collés au sol. Tu penches la tête et constates, avec horreur, que deux serpents se sont entrelacés autour de tes bottes. Tu perds l'équilibre et tu te retrouves sur le derrière. Frénétique, tu parviens à glisser tes deux pieds hors de tes bottes. À peine t'es-tu relevé que les deux serpents décampent, sans doute dégoûtés par l'odeur qui émane de tes pieds. Ils ne sont malheureusement pas les seuls à trouver que ça sent très mauvais… TOI AUSSI !

Déplie un rabat pour enlever un point à ta ligne de vie. Retourne au numéro 2.

15 Alors que tu lèves la tête vers la cime de l'arbre, toutes les chauves-souris s'envolent… SAUF UNE ! Celle-ci est gigantesque, c'est une chauve-souris vampire. Elle écarte ses deux grandes ailes raides et prend son envol elle aussi. Sa silhouette sombre glisse devant la lune puis se rabat sur toi. Tu te laisses choir sur le sol. Elle plane entre les pierres tombales du cimetière et te frôle de très près. OUF ! elle est parvenue à arracher une partie de ton chandail, mais au moins, toi, tu n'as rien, même pas une petite égratignure. Elle virevolte dans le ciel et fonce dans ta direction de nouveau. Tu pointes ton zappor et tu tires.

Mets un signet à cette page, ferme ton livre et essaie de l'ouvrir en visant bien le centre.

Si tu rates ton tir, va au numéro 17.

Si tu réussis à atteindre ton ennemie, rends-toi au numéro 19.

LES PAGES DU DESTIN

16 Tu marches sur le côté comme un crabe pour contourner le tronc. Lorsque tu arrives devant le visage en écorce… IL OUVRE LES YEUX ! Effrayé, tu fais un pas de recul et tu t'arrêtes lorsque tu constates que tu as écrasé un gros insecte. Six pattes dépassent de chaque côté de ta botte. POUAH !

— Les problèmes de cet insecte sont terminés ! s'exclame soudain le visage au regard triste. Pour moi, qui ne suis qu'une expérience de génétique des ovniens, ils ne font que commencer.

Tu voudrais offrir ton assistance à ce pauvre diable emprisonné dans l'arbre, mais il n'y a rien que tu puisses faire.

— Je peux cependant te donner un conseil, jeune brave, poursuit le visage. Lorsque tu feras face aux ovniens, ne réfléchis surtout pas, car ils possèdent deux yeux pour te regarder et deux autres yeux pour lire dans tes pensées. Vaut mieux être prévenu…

Tu le salues bien bas et tu retournes au numéro 2.

17 **ZRAAAK !** C'est raté…

La chauve-souris esquive le tir de ton zappor et arrive sur toi. Tu sais très bien qu'une seule morsure de cette monstruosité signifiera pour toi des nuits éternelles à t'abreuver de sang. Mais devenir vampire ne fait pas partie de tes projets de carrière. Tu ramasses donc un bout de branche à l'extrémité pointue et tu la braques vers la chauve-souris. Un pieu enfoncé dans le cœur des suceurs de sang et le tour est joué. Tu as déjà vu ça dans des tas de films d'épouvante ; c'est comme ça qu'il faut faire.

Va au numéro 27.

18 Tu t'élèves sur la pointe des pieds pour regarder dans le trou. OH ! il y a un bout de papier jauni…

Tu peux tenter de le ramasser, au numéro 21.

Tu préfères ne prendre aucun risque et revenir sur tes pas ? Passe tout d'abord par le numéro 25.

19 # ZROOOOK !

En plein dans l'mille…

Le grand mammifère volant explose et devient une multitude de petites chauves-souris. Elles partent d'un vol endiablé et disparaissent entre les nuages. Alors que tu souffles sur le bout du canon de ton arme comme un cowboy, tu remarques par terre, cachée près d'un crâne à demi enfoui, une petite fiole bleue… DE L'ÉLIXIR DE VIE ! Tu bois vite tout le contenu.

Plie un petit rabat pour augmenter ta ligne de vie d'un point et retourne au numéro 2.

20 La porte est verrouillée ! Tu fais le tour du petit édifice, question de voir si tu pourrais t'y introduire d'une autre façon. Tu lèves la tête et tu aperçois une fenêtre fracassée. Dommage ! Elle est inaccessible. Il faudrait que quelqu'un te fasse la courte échelle. AH ! comme c'est étrange ! Deux bras bleuâtres viennent d'émerger du sol boueux. Immobiles, ils se tiennent là, mains ouvertes, prêtes à accueillir tes deux pieds pour que tu puisses accéder à la fenêtre.

Tu veux t'écarter de ces deux membres affreux ? Retourne au numéro 2.

Tu veux accepter l'aide offerte par ce nouvel ami… d'outre-tombe ? Rends-toi au numéro 29.

LES PAGES DU DESTIN

21 SUPER ! C'est un vieux plan qui indique avec précision la sortie cachée et inconnue du cimetière.

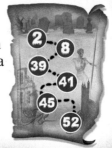

Retourne au numéro 2, et suis le trajet…

22 Tu fermes les yeux et tu avances, ta main ouverte. Tout à coup, le cerveau saute sur ton bras et commence à se hisser en direction de ta tête. BOUGRE ! Il se cherche une autre boîte crânienne où se nicher ! Mais celui que tu as actuellement entre tes deux oreilles fait parfaitement l'affaire. Toi, tu ne désires pas du tout changer de cerveau, NON !

Va vite au numéro 43.

23 **ZRAAAK !** C'est raté…

Tu voudrais bien tirer une deuxième fois, mais rapide comme un éclair, le crâne est déjà en train de mordiller le bout de ta botte. C'EST TRÈS DOULOUREUX ! Tes orteils se font écraser. Tu sursautes sur une jambe jusqu'à la muraille du cimetière. Là, tu donnes un grand coup de pied sur la pierre. Le crâne vole en mille morceaux. La douleur est cependant toujours présente. Tu enlèves vite ta botte et ta chaussette. Trois de tes cinq orteils sont tout rouges.

Trois orteils pour trois points que tu perds. Déplie trois rabats de ta ligne de vie. Si tu as survécu, retourne au numéro 2.

24 **ZROOOOK !** En plein dans l'mille…

Tu es parvenu à pulvériser le crâne. Lorsque la fumée se dissipe, tu remarques qu'il y avait, à l'intérieur…, UN CERVEAU ! Intact, il est là devant toi qui tressaille sur le sol. Tu te souviens tout à coup de cette formation que tu as reçue sur la télépathie. Il suffit de poser ta main ouverte sur cette chose visqueuse. BON ! Tu pourrais sûrement apprendre quelque chose des ovniens…

TU ES BRAVE ? Pose ta main sur le cerveau au numéro 22.
Tu ne veux pas te salir les mains ? Retourne au numéro 2.

25 Il n'a vraiment pas l'air très solide, cet arbre mort ! NON ! pas très solide. PETIT CRAC ! Mais qu'est-ce que c'est ? GRAND CRAAC ! BOOUUM ! Une grosse branche vient de se casser et elle t'est tombée en plein sur la tête. TIENS ! Il y a beaucoup plus d'étoiles dans le ciel que tantôt ! Après avoir fait un petit roupillon, tu remarques que tu es toujours en vie, sauf qu'une horrible bosse déforme ton front.

Déplie deux rabats pour enlever deux points à ta ligne de vie et retourne au numéro 2.

26 *Mets un signet à cette page, ferme ton livre et essaie de l'ou-vrir en visant bien le centre.*
Si tu rates ton tir, va au numéro 23.
Si tu réussis à atteindre ton ennemi, rends-toi au numéro 24.

27

Comme tu l'espérais, la branche pointue perce son torse velu et s'enfonce jusqu'à son cœur. Ses hurlements d'agonie emplissent lugubrement le cimetière. Une glu verte s'écoule de sa blessure et glisse sur la branche… JUSQU'À TES MAINS ! Ça te brûle si fort que tu dois t'essuyer les doigts sur le tronc de l'arbre.

Déplie un petit rabat pour enlever un point à ta ligne de vie et retourne au numéro 2.

28

ZRAAAK ! Raté…

Les V.V.G. font feu sur l'appareil et le désintègrent. Tu essaies de contenir ta rage… SALOPARDS ! Ils ne perdent rien pour attendre…

Retourne au numéro 2.

29

Poussé par ta bravoure ou par ta folie (ça reste à vérifier), tu soulèves ta jambe droite en direction de l'une des mains. À peine as-tu posé ton pied dans la main que les doigts bleus aux ongles violets se referment comme un étau. C'EST UN PIÈGE ! La deuxième main s'enroule autour de ta cheville et te tire. Tu t'enfonces jusqu'à la taille. Est-ce que c'est ce mort-vivant qui te chatouille ? NON ! ce sont les vers et les asticots qui ont commencé leur immonde travail de charognard. Tu campes tes deux bras sur le sol et tu parviens à te sortir de ta tombe, car ton heure n'a pas encore sonné.

Déplie un rabat pour enlever un point de ta ligne de vie et retourne au numéro 2. Mais avant, vide tes poches de tous ces vers gluants qui se tortillent…

Bon, c'est certain que dans cette crypte, il n'y a pas de frigo dans lequel tu pourrais trouver une boisson gazeuse froide, mais en retour, il y a un tas d'endroits dans lesquels on peut fouiller. La tombe ouverte, l'urne cinéraire, la fenêtre brisée, le chandelier et, ce trou dans le plancher…

Rends-toi au numéro inscrit sur l'endroit que tu désires explorer…

31 Craignant qu'il soit occupé par une espèce de sosie de Dracula, tu avances à pas mesurés vers le cercueil de pierre. Tu pousses le couvercle et découvres, à l'intérieur, une note. Tu bondis de joie ! Tu te dis que ce papier va te révéler un indice très important pour ta mission. Tu te penches. Sur la note est écrit : *de retour dans une heure !* Bon ! Voilà, ce compte à rebours va certainement te mettre un peu de pression… TU AS SEULEMENT UNE HEURE POUR FOUTRE LE CAMP DU CIMETIÈRE !

Retourne au numéro 30.

LES PAGES DU DESTIN

32 Tu as déjà vu ce genre de vase auparavant. Dans les colombaires, ils contiennent les cendres des morts incinérés. Dans les films, ils contiennent aussi les cendres des morts incinérés, mais en plus, ils cachent souvent des trucs importants. Mais ici, il n'y a ni caméra ni équipe de tournage. Alors, que vas-tu faire ?

Tu peux laisser le mort en paix et retourner au numéro 2.

Tu te prends pour un acteur hollywoodien ? Alors, soulève le couvercle de l'urne au numéro 36.

33 Tu t'approches de la fenêtre. Dans le lointain, entre les arbres morts, tu peux apercevoir une baie inconnue. Le halo bleu de la lune miroite à sa surface luisante. Le bout du mât d'une épave engloutie danse au gré des vagues. Soudain, ce calme paisible est bouleversé par un grand remous. D'un gros bouillon jaillit tout à coup un V.V.G. : un vaisseau volant de guerre. Tout illuminé, il disparaît loin dans les ténèbres de la nuit. Bouche bée, tu poses la main dans l'ouverture de la fenêtre. OH NON ! tu as oublié que la vitre est brisée, et de la vitre brisée… ÇA COUPE !

Déplie un rabat pour enlever un point à ta ligne de vie et retourne au numéro 2.

34 Un simple chandelier ne signifie absolument rien. Mais un chandelier… ALLUMÉ ! Ça, c'est autre chose. Bon, maintenant, c'est établi, il y a quelqu'un d'autre, EN VIE, comme toi, dans ce cimetière.

Tu ramasses ton courage à DEUX DOIGTS ! Et tu retournes au numéro 2.

35 Ce trou dans le plancher ne te dit rien qui vaille. Il ne fait que témoigner de la décrépitude de l'endroit ! Tu t'étends de tout ton long sur le ventre et tu avances. Tu passes la tête dans l'ouverture pour regarder. Tout à fait en bas, quelqu'un a décidé… DE FAIRE EXACTEMENT LA MÊME CHOSE QUE TOI, ET EN MÊME TEMPS EN PLUS ! Cette personne te regarde, elle aussi. Tu décides alors d'agir… TU CRIES À TA MAMAN ! Après avoir jeté un deuxième coup d'œil, tu te rends compte qu'il ne s'agit que d'une flaque d'eau qui te renvoie ton reflet. Tu pousses un grand soupir.

Pour ce manque flagrant de courage, déplie deux rabats pour enlever deux points à ta ligne de vie. Retourne au numéro 30.

36 SACRILÈGE ! Tu viens de plonger la main dans les cendres pour fouiller l'intérieur de l'urne. Tu bouges les doigts et tu touches une sorte de chaîne. C'est sans doute un objet d'une grande valeur. L'avoir serait un atout pour toi. On ne sait jamais, ce bijou pourrait te servir de monnaie d'échange contre ta liberté si jamais tu tombais aux mains des ovniens. Qui sait, ces créatures aiment peut-être s'affubler de toutes sortes de parures. Lorsque tu tires sur la chaîne, le plancher s'ouvre sous tes pieds et tu tombes. Tu parviens à te retenir juste à temps. Sous ton corps suspendu dans le vide, le plancher de cette nouvelle pièce est pourvu de pics mortels. TU L'AS ÉCHAPPÉ BELLE !

Hisse-toi au numéro 30.

37

OH NON ! En plus d'avoir été fait sur mesure pour toi, tu remarques, sur le couvercle, une plaque en laiton sur laquelle est gravé… TON NOM ! C'est certain que les ovniens ont des projets pour toi… DES PROJETS FUNESTES ! Tu tends le bras et tu ouvres le couvercle. Tu grimaces lorsque tu aperçois l'intérieur. Bon, il a l'air confortable, bien rembourré et tout, sauf que le velours est rose… TU DÉTESTES LE ROSE ! Une raison de plus pour rester en vie…

Retourne au numéro 7.

38

Comme si tu possédais l'expertise d'un croque-mort, tu fais le tour du tas de cercueils. Ont-ils été vidés des cadavres qu'ils contenaient ? Ou bien, est-ce que ces cruels ovniens vont se servir de ces boîtes pour trans-porter des humains sur leur planète ? Pour ces petits êtres venus d'ailleurs, ces cercueils sont peut-être de simples… BOÎTES À LUNCH !

Tu retournes au numéro 2.

39

Le visage de pierre t'a manifestement aperçu, car maintenant il siffle très fort… IL ALERTE TOUS LES MORTS DU CIMETIÈRE !

— C'EST LUI ! ATTRAPEZ-LE ! hurle-t-il ensuite…

Partout autour de toi, des mains bleues et décharnées sortent du sol et te saisissent. NOOOOON ! De terrifiants visages émergent aussi, puis des corps suppurants s'extirpent des fosses.

Un groupe de zombis t'entraîne jusqu'au visage sur la pierre tombale au numéro 41.

40 Tu attends deux minutes et tu jettes un coup d'œil. Le visage sur la pierre tombale semble figé. As-tu été subitement pris d'une crise de berlue ? Peut-être était-ce une hallucination ? Enfin, maintenant, tu te sens un peu mieux. Après tout, un visage en pierre qui bouge, ce n'est pas quelque chose que tu peux raconter à n'importe qui. Tu pourrais te faire interner dans une maison de fous.

Retourne au numéro 2.

41 — C'est bien toi ! te dit le visage. Nous savions que tu allais venir. Il n'y a que toi qui peux nous débarrasser de ces ovniens.

Tu ouvres les yeux, car tu n'en crois pas tes oreilles. Ce visage et tous ces zombis voient en toi celui qui va réussir à sauver la planète de ces ignobles envahisseurs.

— Une fois débarrassés d'eux, nous pourrons retrouver notre paix éternelle, ajoute le visage. CONDUISEZ-LE AU PASSAGE SECRET…

Les zombis obéissants te traînent littéralement jusqu'à une pierre tombale en marbre orange en forme de croix.

Elle est en retrait, tout au fond du cimetière, au numéro 45.

42 Un bruit de moteur se fait soudain entendre ! Tu lèves la tête. Dans le ciel, un avion est poursuivi par trois V.V.G. : DES VAISSEAUX VOLANTS DE GUERRE ! Ils vont le réduire en poussière…

Tu pointes ton zappor dans leur direction…

Mets un signet à cette page, ferme ton livre et essaie de l'ouvrir en visant bien le centre.

Si tu rates les vaisseaux, va au numéro 28.

Si tu réussis à les atteindre, rends-toi au numéro 44.

LES PAGES DU DESTIN

43 Tu t'élances comme tu le fais lorsque tu lances une balle de neige. Le répugnant cerveau se détache de ton bras et fait un vol plané jusqu'à une pierre tombale. Il atterrit ensuite en plein sur la queue d'un rat qui, inopinément, passait par là. Le cerveau, toujours animé d'une vie propre à lui, se met à ramper sur la queue du gros rongeur, puis sur son dos, pour finalement s'ancrer sur sa tête. Voilà maintenant un rat doté d'une intelligence vraiment au-dessus de la moyenne. Un jour, il sera le chef d'une armée de rongeurs et il se soulèvera contre l'espèce dominante sur la terre : L'HOMME ! Mais, évolution oblige, cela pourrait prendre un million d'années. Alors, laisse à ta lointaine descendance le soin de régler cette affaire, et toi…

Retourne au numéro 2.

44 **ZROOOOK !** En plein dans l'mille…

Les trois V.V.G. prennent tous en feu et s'en vont s'écraser ! Les ovniens s'éjectent de leurs appareils et descendent, accrochés à de curieux parachutes métalliques. Tu zèbres le ciel du feu de ton arme et tu les pulvérises. La poussière noire de leur corps tombe comme de la neige macabre sur le cimetière…

Retourne au numéro 2.

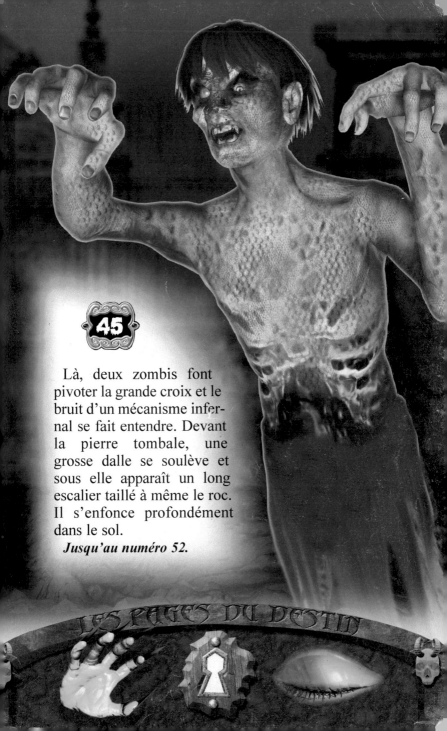

45

Là, deux zombis font pivoter la grande croix et le bruit d'un mécanisme infernal se fait entendre. Devant la pierre tombale, une grosse dalle se soulève et sous elle apparaît un long escalier taillé à même le roc. Il s'enfonce profondément dans le sol.

Jusqu'au numéro 52.

LES PAGES DU DESTIN

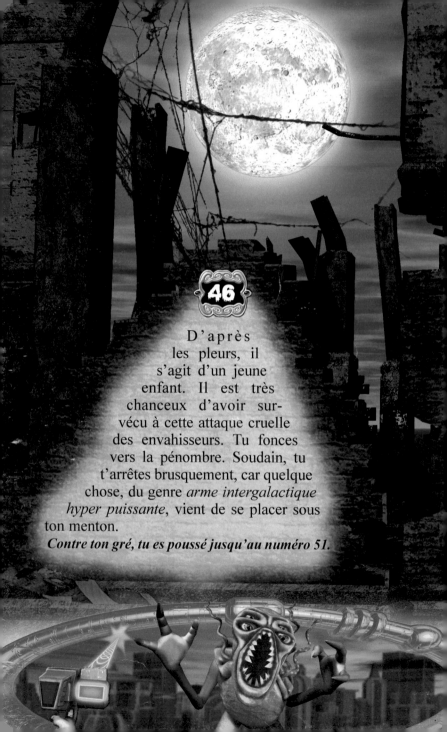

46

D'après les pleurs, il s'agit d'un jeune enfant. Il est très chanceux d'avoir survécu à cette attaque cruelle des envahisseurs. Tu fonces vers la pénombre. Soudain, tu t'arrêtes brusquement, car quelque chose, du genre *arme intergalactique hyper puissante*, vient de se placer sous ton menton.

Contre ton gré, tu es poussé jusqu'au numéro 51.

47 Tu n'y vois rien, car l'image de la télé grésille ! Tu fais comme tout bon réparateur, tu frappes violemment le dessus du boîtier et l'image revient. Trois vaisseaux étranges volent en rase-mottes au-dessus de la ville et tirent quelques coups de lasers. Un gratte-ciel s'écroule et crée un immense nuage de poussière. CES SALAUDS NE PERDENT RIEN POUR ATTENDRE ! Soudain, la télé rend l'âme et implose juste devant toi.

BRAAOOUUM !

Déplie trois rabats pour enlever trois points à ta ligne de vie. Si tu es toujours en vie, retourne au numéro 9.

48 SCHRAAAK ! Tu trouves très curieux qu'entre ces deux poutres qui s'élèvent des ruines jaillissent, de façon régulière, des éclairs. SCHRAAAK ! Tu comptes pour en avoir la certitude. SCHRAAAK !

— Mille un, mille deux, mille trois !

SCHRAAAK !

— Mille un, mille deux, mille trois !

SCHRAAAK !

Il est clair que ce n'est pas un court-circuit; la lumière apparaît à un rythme trop régulier. Ça ne peut donc être qu'une antenne relais utilisée par les ovniens pour coordonner leur attaque. Tu vises la poutre le plus près de toi, avec ton zappor, et tu appuies ensuite sur la détente.

ZROOOOK ! La poutre s'effondre… SUR TON PIED DROIT ! AÏE ! Tu es parvenu à handicaper leur moyen de communication, mais en retour…

Déplie un rabat pour enlever un point à ta ligne de vie. Retourne au numéro 2.

LES PAGES DU DESTIN

49

ZRAAAK ! C'est raté…

L'ovnien te sourit de façon malicieuse et tire à l'aide de son arme.

SLOOOONG !

Un éclair bleu te frappe en plein sur le torse et tu tombes à la renverse. Sur le dos, à demi assommé, tu observes, étourdi, tes vêtements qui fument. Soudain, un vaisseau arrive au-dessus des ruines. Sous la coque argentée, une trappe s'ouvre et une éblouissante lumière entoure l'ovnien qui s'élève ensuite pour monter à bord. La trappe se referme et le vaisseau s'éloigne dans un vrombissement infernal.

Déplie cinq rabats pour enlever cinq points à ta ligne de vie. Si tu as survécu, retourne au numéro 2.

50

ZROOOOK ! En plein dans l'mille…

Tu viens de bousiller ton premier ovnien… BRAVO ! Tu t'approches de sa carcasse fumante. La créature belliqueuse venue d'une planète lointaine n'est plus qu'un tas de glu verte bouillonnante. Tu voudrais bien conserver son arme comme souvenir et la mettre sur ta cheminée, mais toucher cette dégueulasserie pourrait te donner des maladies tellement horribles qu'il serait impossible de leur donner des noms.

Tu retournes au numéro 9.

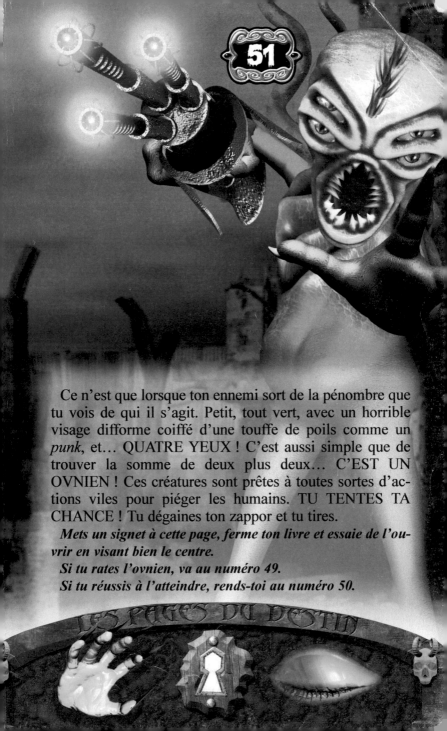

Ce n'est que lorsque ton ennemi sort de la pénombre que tu vois de qui il s'agit. Petit, tout vert, avec un horrible visage difforme coiffé d'une touffe de poils comme un *punk*, et… QUATRE YEUX ! C'est aussi simple que de trouver la somme de deux plus deux… C'EST UN OVNIEN ! Ces créatures sont prêtes à toutes sortes d'actions viles pour piéger les humains. TU TENTES TA CHANCE ! Tu dégaines ton zappor et tu tires.

Mets un signet à cette page, ferme ton livre et essaie de l'ouvrir en visant bien le centre.

Si tu rates l'ovnien, va au numéro 49.

Si tu réussis à l'atteindre, rends-toi au numéro 50.

LES PAGES DU DESTIN

52 Tu descends les marches glissantes. Que diront tes parents lorsque tu leur apprendras que tu as maintenant des zombis comme amis ?

L'escalier s'enfonce dans les profondeurs de la terre et tu n'en finis plus de descendre des marches. En plus, l'endroit fourmille d'insectes de toutes sortes et tu détestes ce genre de petites bêtes qui rampent partout autour de toi. C'est de plus en plus humide. La moisissure a incontestablement commencé à ronger le roc. Tu écoutes, il n'y a rien. Un silence total, surnaturel, règne. Cela signifie que tu es sur la bonne piste.

Tu aperçois soudain une très petite lueur lointaine. Plus tu avances et plus elle grossit. C'EST LA SORTIE !

Hors du passage, tu aboutis à un endroit qui n'est mentionné sur aucune carte. On dirait presque que tu as été transporté dans une autre époque. Tu regardes ta montre de crainte que les aiguilles ne tournent à l'envers. NON ! Elle semble fonctionner correctement.

Une tour sombre, habitée sans doute par un vilain sorcier, s'élève dans le ciel. Accrochés sur les structures d'un vieux temple inquiétant de plusieurs siècles crépitent des flambeaux. Au fond d'une baie à l'eau bleutée, tu aperçois la silhouette d'un ancien navire à voiles, maintenant devenu épave.

Va explorer ce lieu étrange au numéro 53.

54   Comment peux-tu explorer l'épave qui se trouve tout au fond ? Quelle chance tu as ! Des scientifiques ont garé leur sous-marin sur la rive en prévision d'une exploration des lieux. Tu pénètres dans le véhicule et tu pousses la manette vers l'avant. Dans un grand tourbillon, le sous-marin s'enfonce dans l'eau, jusqu'à l'épave. Enfile un costume de plongée, sors du sous-marin…

Et nage jusqu'au numéro 56.

55

92

90

89

91

   Tu marches avec ton zappor pointé vers le temple parce que devenir la victime d'un rituel funeste ne fait pas partie de tes projets d'aujourd'hui. NON ! Tu n'es vraiment pas prêt à faire ce genre de « sacrifice ». TIENS ! Il y a un grand prêtre qui a laissé traîner ses objets sacrificiels : un couteau et un chapeau bizarre. Qu'est-ce que c'est que ce tas de boue qui tourne ? Et cette grande statue ? Est-ce au nom de cette divinité qu'ont été étripées des centaines de personnes ?

Rends-toi au numéro inscrit près de l'objet ou de l'endroit que tu veux inspecter.

Rends-toi au numéro inscrit sur l'endroit que tu veux explorer : La proue, le pont, l'entrepont ou la coque éventrée.

57 Même si tu ressens une grande peur devant cette sombre tour, tu t'y diriges. À l'une des fenêtres de cette haute construction ténébreuse, tu aperçois une silhouette mystérieuse qui pointe une sorte de bâton dans ta direction. EST-CE QUE C'EST GRAVE ? OUI, car tu es *sorcellobbang bangophobe* ! Tu souffres de cette très rare phobie qui est la crainte de te faire *blaster* par le sceptre magique d'un puissant et redoutable sorcier, et c'est EXAC-TEMENT ce qui est en train de se produire.

XROOOOOOKKK ! Un long éclair zèbre le ciel et te frappe de plein fouet.

Tu tombes au numéro 99.

58 Drôle de figure de proue, ce monstre figé dans le bois ! Habituellement, devant ce type de navire, on retrouvait la sculpture d'une belle fille. C'est très étrange ! Tu as l'impression d'être observé ! UN REQUIN ? Tu te retournes lentement. Deux grands yeux noirs, une mâchoire garnie d'une dentition proéminente…

OUI ! C'EST UN GRAND REQUIN BLANC ! Tu dégaines ton zappor…

Mets un signet à cette page, ferme ton livre et essaie de l'ouvrir en visant bien le centre.

Si tu as raté ton tir, va au numéro 63.

Si tu as réussi à atteindre le requin, rends-toi au numéro 61.

59 Tu nages en direction du pont. Là, tu lèves la tête vers la surface. Cinq vaisseaux passent à toute allure au-dessus du lac. Les ovniens sont en pleine manœuvre stratégique. Une attaque de leur part est imminente…

Tu te tournes vers le pont au numéro 70.

Tu t'introduis jusqu'à la cale par l'ouverture d'un canon. Voilà la raison du naufrage, ce navire était trop chargé… REGARDE TOUTES CES CAISSES !

Va au numéro inscrit près de la caisse que tu veux examiner.

61 **ZROOOOK !** En plein dans l'mille…

Réduits à l'état de confettis macabres, les restes du requin disparaissent dans la bouche de milliers de petits poissons colorés qui arrivaient en banc. BON APPÉTIT !

Va au numéro 65.

LES PAGES DU DESTIN

62

83   **84**   **82**   **81**

QUELLE BRÈCHE IMMENSE ! Il y a une dent de requin plantée dans le bois, là. Comme c'est curieux… On dirait le matériel de navigation du capitaine. Son sextant, sa longue-vue, une dague décorée de pierreries et un petit coffre.

Va au numéro inscrit près de l'objet que tu désires ramasser…

63 **ZRAAABLLL !** C'est raté… Le requin fonce sur toi ! Tu nages le plus vite que tu peux. Ses dents en lame de rasoir happent une partie de la palme que tu portes à ton pied droit. Tu ralentis. Tu colles ton dos à la coque du navire et tu t'attends au pire. Le requin s'arrête brusquement, puis s'enfuit comme un chiot effrayé. Qu'est-ce qui lui a fait peur ?

Enlève un point à ta ligne de vie et va au numéro 64.

64 C'est la figure de proue... ELLE EST VIVANTE ! D'une main, elle te placarde sur la coque et tu ne peux plus bouger. Dans un ultime geste de désespoir, tu ramasses avec ton pied un sabre rouillé et tu coupes son bras. Des bulles plaintives sortent de sa bouche.

Libre, tu retournes au numéro 56.

TIENS ! Il y a toutes sortes de trucs intéressants qui jonchent le lit du lac. Une bouteille, un petit coffre, un tableau, une lampe ancienne.

Va au numéro inscrit près de l'objet que tu désires ramasser.

66 Sur l'étiquette de la bouteille, tu peux lire : ÉLIXIR ÉTERNEL ! WOW ! Ce liquide magique peut augmenter tes réserves de vie sans ne plus jamais les faire diminuer d'un seul point pendant tout le reste de ton aventure. Tu ouvres le goulot ! MAIS QU'EST-CE QUE TU AS FAIT ? Boire sous l'eau est impossible ! Le précieux liquide se mêle à l'eau et perd ses propriétés... QUELLE BAVURE !

Retourne au numéro 65.

LES PAGES DU DESTIN

67 Tu te croises les doigts et tu espères que ce petit coffre est rempli à craquer de précieux doublons espagnols en or. TU L'OUVRES ! À l'intérieur, il y a non seulement des doublons en or, mais en plus, tu y trouves des diamants, des rubis, des émeraudes, des colliers de perles et des bagues en argent… UN VRAI TRÉSOR ! Tu enfouis le coffre sous la vase afin de revenir le chercher après ta mission. TU ES RICHE MAINTENANT !

Retourne au numéro 53.

68 Tu nages lentement vers le tableau.

La toile est déchirée, mais tu peux très bien reconnaître le sombre personnage qui y est représenté. C'EST LE VIL PIRATE OSATRAVERSONEZ ! Comment as-tu fait pour le reconnaître ? FACILE ! Il a un os à travers son nez. DEEUUH ! Voilà ce qu'il est advenu de ce cruel écumeur des mers. C'est curieux, son index semble pointer la tour près de la baie. C'est peut-être un indice ! Ce forban tente-t-il de se racheter pour toutes les *vilaineries* qu'il a commises ?

Rends-toi à la tour au numéro 57.

69 **ZROOOOK !** En plein sur sa sale tronche…

Ses os volent lentement dans toutes les directions. OUPS ! Son sabre, lui, virevolte vers toi. Dans un réflexe très vif de tes bras dans l'eau, tu t'écartes. Le sabre poursuit sa trajectoire et va décapiter un barracuda aux dents acérées qui arrivait sournoisement derrière toi. Ce n'est pas tous les jours que tu as ce genre de chance.

Retourne au numéro 70.

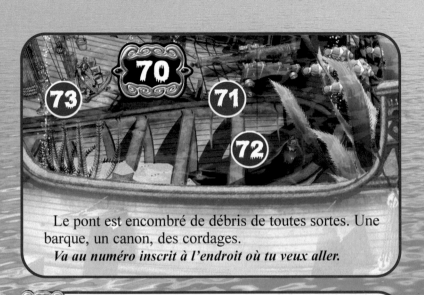

Le pont est encombré de débris de toutes sortes. Une barque, un canon, des cordages.

Va au numéro inscrit à l'endroit où tu veux aller.

71 Tu nages jusqu'au canon. Comme c'est curieux ! Sa bouche est dirigée en plein vers toi et plus tôt, tu aurais juré qu'elle ne l'était pas. Derrière lui, une ombre bleutée et lumineuse ondule. UN FANTÔME ! Dans sa main, il tient un flambeau de bois allumé. Allumé ? Sous l'eau ? OUI ! C'est très possible, car il s'agit ici d'un feu fantomatique. Le fantôme baisse son bras vers la mèche du canon. Aucune détonation ne se fait entendre, mais un gros jet de bulles arrive en furie vers toi.

Tu es projeté violemment hors de l'eau au numéro 53. Enlève deux points à ta ligne de vie.

72 POUAH ! Assis à l'inté-rieur, le reste squelettique d'un ignoble pirate attend d'être secouru ! ATTENTION ! Il a un long sabre courbé dans sa main. Lorsque tu t'approches, il bondit sur ses pieds osseux et soulève son arme rouillée. Tu dégaines ton zappor et tu appuies sur la détente.

Mets un signet à cette page, ferme ton livre et essaie de l'ouvrir en visant bien le centre.

Si tu rates ton tir, va au numéro 74.

Si tu réussis à atteindre le pirate, rends-toi au numéro 69.

73 Tu fouilles entre les grosses cordes et tu découvres une bouteille de rhum. Tu l'examines minutieuse-ment. Bizarre ! Le liquide à l'intérieur est bleu au lieu d'être d'une belle couleur dorée. Ce n'est pas du rhum, c'est un élixir de vie. Avec le sous-marin, tu reviens au rivage et tu ingurgites le précieux liquide.

SUPER ! L'élixir te redonne tous tes points de vie. Retourne au numéro 53.

74 ZRAAABLLL ! C'est raté…

C'est à son tour ! Il riposte et brandit son sabre. Tu tentes d'esquiver l'attaque, mais il parvient à briser la vitre de ton masque de plongée. L'eau entre dans tes narines. Tu remontes à la surface pour respirer.

Enlève deux points à ta ligne de vie et nage jusqu'au rivage au numéro 53.

75 La lampe te rappelle celle qu'il faut frotter pour faire apparaître un génie. Tu l'extirpes de la vase et tu la frottes. Un nuage d'encre s'échappe soudain du bec et un génie apparaît.

— TU AS TROIS VŒUX ! t'informe-t-il comme si tu ne le savais pas. QUELS SONT-ILS ?

— Je veux tout d'abord être riche, ensuite je désire être la plus belle personne de toute la planète et, enfin, je veux être une grande vedette internationale, adulée et respectée…

Le génie fait un geste avec sa main droite.

— ACCORDÉ !

Puis, il disparaît dans sa lampe…

— ZUT ! ET DOUBLE ZUT ! lances-tu cependant. J'aurais dû lui demander de débarrasser la terre de tous ces ovniens ! Cela aurait au moins servi à quelque chose d'utile ! Et tu as raison.

Enlève trois points à ta ligne de vie et retourne au numéro 65.

76 Dans cette caisse-ci, il y a un trou par lequel tu peux passer ton bras.

TU VEUX TENTER TA CHANCE !

Introduis ton bras à l'intérieur au numéro 78.

Tu désires plutôt y jeter un coup d'œil ? Va au numéro 79.

77 Malgré toutes ces années sous l'eau, cette caisse est encore très solide. Tu remarques une hache d'abordage accrochée à une poutre. Les pirates s'en servaient pour couper des doigts et faire parler les propriétaires de trésors cachés. Tu décroches la hache. Comme c'est bizarre ! Il y a une corde attachée à son manche…

Tu tires quand même sur la hache au numéro 80.

78 Sans ressentir la moindre peur, tu glisses ton bras dans l'ouverture. AÏE ! quelque chose vient de pincer ton index ! AÏE ! encore… Tu retires ton bras. UN CRABE ! Ce crustacé est agrippé à ton doigt et ne semble pas vouloir lâcher prise. Tu le frappes avec le manche de ton zappor et tu l'expédies au loin.

Enlève un point à ta ligne de vie et retourne au numéro 56.

79 Tu approches la tête de l'ouverture. **CHRAAK !** Tu viens d'être ébloui par le flash d'un appareil photo ! Est-ce que quelqu'un vient de prendre ta photo ? NON ! C'est une anguille électrique qui vient de t'envoyer une décharge de plusieurs volts. Tu te sens tout engourdi…

Enlève deux points à ta ligne de vie et retourne péniblement au numéro 56.

80 PIÈGE DE PIRATES ! TU VIENS D'ACTIONNER UNE MACHINERIE INFERNALE !

Des pics passent entre les caisses et arrivent sur toi pour t'embrocher. Tu te replies sur tes jambes et comme une grenouille… TU BONDIS ! Juste comme tu parvenais à t'éjecter de la cale maudite, l'un des pics trace une longue égratignure sur le mollet de ta jambe droite.

Enlève deux points à ta ligne de vie et reviens au sous-marin afin de retourner au numéro 53.

81 Le sextant d'un capitaine, c'est comme ses yeux. Tu le sais très bien ! Alors, par respect, tu le laisses là ; il rouillera pendant les prochains siècles. BONNE DÉCISION ! Il y avait un piège. Si tu avais eu le malheur de regarder les astres avec cet appareil de visée… TU AURAIS EU UNE AIGUILLE DANS UN ŒIL !

Plie deux rabats pour ajouter deux points à ta ligne de vie et retourne au numéro 62.

82 La longue-vue en laiton semble être toujours en bon état, malgré toutes les années qu'elle est restée sous l'eau. Tu la prends et tu la mets devant ton masque de plongée pour voir si les lentilles sont brisées. MAIS QU'EST-CE QUE TU VOIS ! Une craquelure ? Non ! UNE PIEUVRE GÉANTE QUI APPROCHE ! Tu la vises avec ton zappor…

Mets un signet à cette page, ferme ton livre et essaie de l'ouvrir en visant bien le centre.

Si tu rates ton tir, va au numéro 85.

Si tu réussis à atteindre la pieuvre, rends-toi au numéro 86.

83 Les pierreries de cette petite dague brillent et t'attirent. Tu la ramasses par le manche et tu l'insères dans ta ceinture. Maintenant, pour étendre ton beurre d'arachide sur tes rôties, tu peux te vanter de posséder le couteau le plus dispendieux du monde…

Retourne au numéro 56.

LES PAGES DU DESTIN

84 Dans ce petit coffre, tu en déduis qu'il doit certainement s'y trouver des tas de pierres précieuses. Cependant, est-il verrouillé ?

Pour le savoir… TOURNE LES PAGES DU DESTIN !

Si tu tombes sur un trou de serrure noir, le coffre est verrouillé. Va au numéro 87.

Si tu tombes sur un trou de serrure blanc, le coffre est déverrouillé ! Ouvre-le au numéro 88.

85 **ZRAAABLLL !** C'est raté… Huit tentacules et une multitude de ventouses se collent à toi. Tu tentes de te dégager, mais tu te sens de plus en plus compressé. Ton zappor gît sur le sol vaseux juste devant toi. Tu enlèves une de tes palmes et avec ton gros orteil, tu parviens à appuyer sur la détente.

ZROOOK ! Une partie de la coque du navire s'affaisse sur la pieuvre, qui lâche prise.

Enlève deux points à ta ligne de vie et retourne au numéro 56.

86 **ZROOOOK !** En plein sur sa grosse tête molle… La pieuvre éclate en plusieurs gros morceaux dégoûtants, projetant des nuages d'encre noire dans l'eau partout autour de toi. Une petite quantité de cette encre entre inopinément dans ta bouche et guérit tes blessures… SUPER !

Ajoute deux points à ta ligne de vie, et retourne au sous-marin pour revenir au numéro 53.

87 DOMMAGE ! Il est solidement verrouillé. Tu le laisses tomber sur le fond vaseux. Tiens, comme c'est curieux, il s'enfonce… ET TOI AUSSI ! Tu tends les deux bras pour t'agripper à une grosse méduse qui passait. Elle te tire d'affaire, mais tu sens son poison qui se faufile dans tes veines. EST-CE QUE TU VAS MOURIR ? Non !

Mais tu as perdu trois points de ta ligne de vie. Retourne au numéro 56.

88 OUAIS ! il s'ouvre… À l'intérieur, il n'y a ni pierreries ni or, mais un vieux pistolet. Tu le prends et tu remarques qu'il est chargé. Peux-tu tirer sous l'eau avec cette vieille arme ? Il n'y a qu'un moyen de le savoir. Tu vises l'abîme ténébreux près de l'épave et tu appuies sur la détente. Rien ne se produit. Le mécanisme semble coincé. Tu glisses le pistolet à ta ceinture. Ayant constaté qu'il n'y avait plus rien d'intéressant ici, tu retournes au sous-marin. De retour sur la terre ferme, le mécanisme du pistolet se déclenche finalement. **BANG !** AÏEUU ! Tu n'as pas de marque de sang, mais tu te retrouves avec une bonne partie de la cuisse brûlée par la déflagration.

Enlève un point à ta ligne de vie et retourne au numéro 53.

LES PAGES DU DESTIN

89 Le couteau est bizarrement planté dans la pierre même de l'autel. C'est comme si le dernier sacrifié s'était volatilisé pendant le rituel. Comme c'est curieux ! Il y a du sang qui s'écoule de la lame du couteau, du sang d'une autre couleur, d'une autre galaxie. MAIS CE SONT DES FOUS, CES OVNIENS ! Ils ont expérimenté sur eux-mêmes ce rituel cruel, juste pour l'essayer, banalement ! Ils se sont sans doute rendu compte que c'était passablement douloureux de se percer un trou au milieu du thorax ! À quelles autres expériences inavouables entendent-ils s'adonner sur notre planète ?

Retourne au numéro 55.

LES PAGES DU DESTIN

90 C'EST PLUS FORT QUE TOI ! Lorsque tu aperçois un chapeau, il faut que tu le mettes sur ta tête. Mais qui sont ces gens qui viennent d'apparaître ? En liesse, ils scandent très fort : À MORT ! À MORT ! Tu enlèves le chapeau, puis ils disparaissent tous.

Si tu veux remettre le chapeau sur ta tête, va au numéro 93.

S'il n'est absolument pas question que tu t'affubles à nouveau de cette coiffe diabolique, retourne au numéro 55.

91 Cette curieuse mare de boue qui tourne sur elle-même, infestée de bactéries, ne te dit rien qui vaille. Et cet os à demi enfoui, à qui ou à quoi appartient-il ? Il est si gros ! Tu te retiens de le tirer vers toi de crainte de voir apparaître le reste de son propriétaire. T'enfoncer dans ces sables mouvants serait la pire chose qui pourrait t'arriver. Tu lances un caillou pour sonder sa densité et sa profondeur. Avant même que la petite pierre n'atteigne la surface, un piranha bondit hors de la mare et l'avale comme le fait ton chien Bidou, au parc, lorsque tu lui lances une récompense. Mieux vaut ne pas traîner dans les alentours…

Retourne bien sagement au numéro 53.

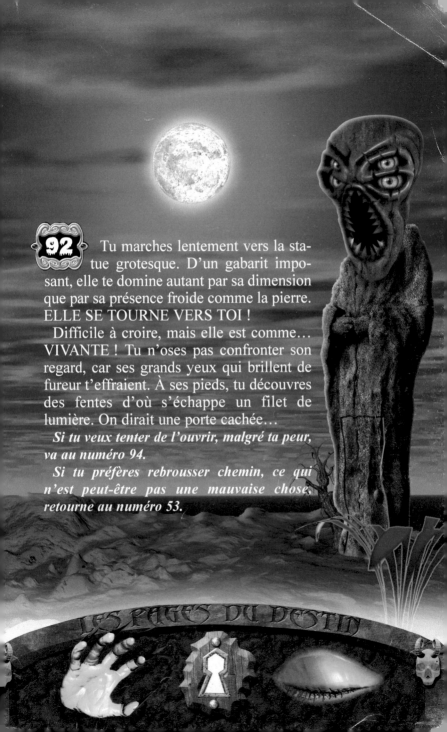

92 Tu marches lentement vers la statue grotesque. D'un gabarit imposant, elle te domine autant par sa dimension que par sa présence froide comme la pierre. ELLE SE TOURNE VERS TOI !

Difficile à croire, mais elle est comme… VIVANTE ! Tu n'oses pas confronter son regard, car ses grands yeux qui brillent de fureur t'effraient. À ses pieds, tu découvres des fentes d'où s'échappe un filet de lumière. On dirait une porte cachée…

Si tu veux tenter de l'ouvrir, malgré ta peur, va au numéro 94.

Si tu préfères rebrousser chemin, ce qui n'est peut-être pas une mauvaise chose, retourne au numéro 53.

93 Tu reposes le chapeau sur ta tête et les gens apparaissent de nouveau autour de toi. Un homme arrive, vêtu d'une toge rouge et la tête cachée sous une cagoule. Il te remet un couteau et pointe l'autel. On dirait que c'est toi, le grand prêtre !

— TOI ! EXÉCUTER SACRIFICE ! te crie-t-il.

Mais toi, tu ne ferais pas de mal à une mouche. L'homme te tire vers l'autel et te pointe silencieusement la dalle en pierre. QUOI ? UNE MOUCHE EST COLLÉE SUR L'AUTEL ! Tu tentes d'enlever le chapeau, mais il est coincé sur ta tête. Poussé par cette folie collective, tu soulèves le couteau au-dessus de ta tête. QUELLE CHANCE ! Le chapeau se décoince, tombe par terre, et tous les gens disparaissent…

Tu t'enfuis en courant en direction du numéro 53.

94 OUF ! Tes yeux ne te mentent pas, il s'agit d'une porte. Camouflée de la sorte, elle doit revêtir une très grande importance. Tu trouves même une poignée. Tu la tournes sans hésitation. Cependant, est-elle verrouillée ?

Pour le savoir… TOURNE LES PAGES DU DESTIN !

Si tu t'arrêtes sur un trou de serrure noir, la porte est verrouillée. Va au numéro 97.

Si tu t'arrêtes sur un trou de serrure blanc, la porte est déverrouillée ! Ouvre-la au numéro 96.

95 Oui, c'est certain, tu auras à solliciter l'aide d'un designer pour décorer cet endroit morne et austère, mais il y a beaucoup de possibilités. Ah ! regarde ! *Au numéro 103*, il y a quelque chose qui mijote dans une grosse marmite ! SUPER ! Le sorcier possédait une étagère pleine de produits de toutes sortes, *au numéro 106*.

96 Tu tournes la poignée.

ELLE EST DÉVERROUILLÉE ! Tu fermes les yeux et tu inspires un bon coup parce que tu as la certitude d'être tombé sur un passage important qui te rapprochera de la base des ovniens. TU OUVRES LES YEUX ! À l'intérieur même de la statue, il n'y a pas d'escalier ni de passage. Il n'y a qu'un lavabo et… UNE TOILETTE ! Rien d'autre…

Dans la vie, il faut savoir profiter de ce qui passe ! Lorsque tu auras terminé, reviens au numéro 53.

97 Tu tires de toutes tes forces sur la poignée, mais c'est inutile, la serrure est beaucoup trop solide… Tu recules. La statue te sourit ! Est-ce qu'elle se moque de toi ? Et puis, te souriait-elle tantôt ? Tu ne t'en souviens pas. C'est encore ce foutu sens de l'observation qui te fait défaut… Pourtant !

Tu recules jusqu'au numéro 55.

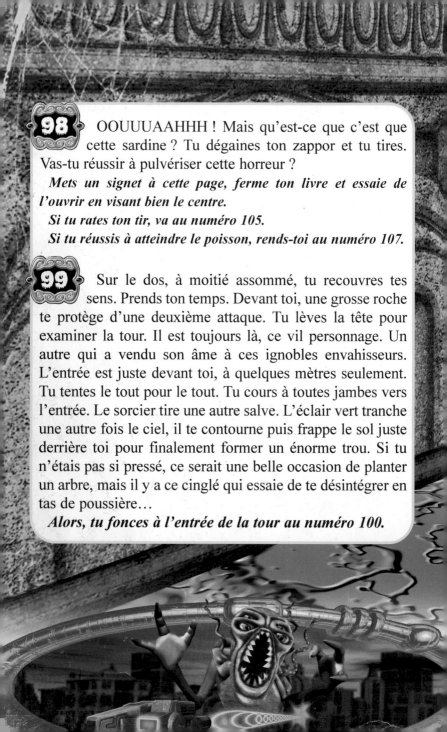

98 OOUUUAAHHH ! Mais qu'est-ce que c'est que cette sardine ? Tu dégaines ton zappor et tu tires. Vas-tu réussir à pulvériser cette horreur ?

Mets un signet à cette page, ferme ton livre et essaie de l'ouvrir en visant bien le centre.

Si tu rates ton tir, va au numéro 105.

Si tu réussis à atteindre le poisson, rends-toi au numéro 107.

99 Sur le dos, à moitié assommé, tu recouvres tes sens. Prends ton temps. Devant toi, une grosse roche te protège d'une deuxième attaque. Tu lèves la tête pour examiner la tour. Il est toujours là, ce vil personnage. Un autre qui a vendu son âme à ces ignobles envahisseurs. L'entrée est juste devant toi, à quelques mètres seulement. Tu tentes le tout pour le tout. Tu cours à toutes jambes vers l'entrée. Le sorcier tire une autre salve. L'éclair vert tranche une autre fois le ciel, il te contourne puis frappe le sol juste derrière toi pour finalement former un énorme trou. Si tu n'étais pas si pressé, ce serait une belle occasion de planter un arbre, mais il y a ce cinglé qui essaie de te désintégrer en tas de poussière…

Alors, tu fonces à l'entrée de la tour au numéro 100.

LES PAGES DU DESTIN

100 Lorsque tu franchis le seuil de la tour noire, cet ignoble sorcier est là qui t'accueille avec son sceptre dangereux pointé encore vers toi. Tu le vises, toi aussi, avec ton arme et tu appuies sur la détente.

Mets un signet à cette page, ferme ton livre et essaie de l'ouvrir en visant bien le centre.

Si tu rates ton tir, va au numéro 101.

Si tu réussis à atteindre ton ennemi, rends-toi au numéro 102.

LES PAGES DU DESTIN

101 Il ne faut jamais fermer les yeux lorsque l'on fait feu avec une arme PARCE QUE L'ON RATE SON TIR À TOUT COUP ! Cette fois-ci, le sceptre du sorcier te frappe à partir d'une très courte distance et te renvoie dans le passé, à des milliers d'années en arrière… À L'ÉPOQUE DES HOMMES DES CAVERNES !

Autour d'un grand feu, plusieurs hommes poilus, à la chevelure longue et couverts de fourrures ripaillent; la chasse au mammouth a été bonne aujourd'hui. L'un d'eux s'approche de toi avec un long bâton. Les traits de son visage te sont familiers. CROTTE DE DINOSAURE ! C'est l'ancêtre du sorcier ! Il te vise lui aussi avec son sceptre,

XROOOOOOKKK !

Et il te ramène à ton époque, encore une fois au numéro 100.

102 ## ZROOOOK !

Désintégré, ce salaud de sorcier… Tu viens du même coup d'hériter de cette tour. Ça te fera une belle résidence secondaire pour passer tes prochaines vacances.

Explore ta nouvelle acquisition au numéro 95.

103 OH NON ! Tu ne voudrais pas que ta mère te serve ce genre de dégoûtant potage… Il y a quelque chose qui nage dedans ET QUI TE DÉVISAGE ! La chose disparaît dans les profondeurs de la marmite…

Et émerge subitement de la mixture au numéro 98.

104

114

113

Rends-toi au numéro inscrit sur la clé qui, selon toi, déverrouillera la porte.

LES PAGES DU DESTIN

ZRAAAK ! Raté…

Le gros poisson saute sur ton bras et te mordille avec sa grande gueule hérissée de dents acérées. Œil pour œil ! Et surtout… DENT POUR DENT ! Tu le mords à ton tour. Il lâche prise et replonge dans la marmite.

Pour la blessure à ton bras, tu enlèves deux points à ta ligne de vie. Pour le goût de poisson pourri qu'il t'a laissé dans la bouche, enlève un autre point. Retourne au numéro 95.

CITRON !

106

Plus personne dans les alentours, tu décides d'ouvrir quelques flacons.

Rends-toi au numéro inscrit près du flacon que tu as choisi…

LES PAGES DU DESTIN

ZROOOOK !

107

En plein sur la sale gueule de cette horrible sardine. Dégoûté, tu enlèves les morceaux de chair qui pendouillent sur tes vêtements…

Et tu retournes au numéro 95.

108

Tu prends la bouteille et tu l'ouvres. Le liquide à l'intérieur est bleu. OUAIS ! Tu bois une bonne rasade…

Ajoute un point à ta ligne de vie et retourne au numéro 106.

OH, OH ! les neurones de ton cerveau te disent qu'il y a une façon d'augmenter toute ta ligne de vie…

109 Tu prends cette bouteille et tu l'ouvres. Il n'y a pas de liquide à l'intérieur… MAIS DEUX CLÉS ! Pourquoi deux clés ? Ton grand sens de déduction te dit qu'elles te serviront à ouvrir une porte. WOW ! Perspicace ! Mais quelle porte ? Tu pousses l'étagère et derrière elle… TIENS ! IL Y A UNE PORTE, SOLIDE, TOUTE CLOUTÉE…

Au numéro 112.

110 Tu as choisi ce flacon parce que tu l'as déjà vu, quelque part. Et tu te souviens trop bien où : AU CENTRE COMMERCIAL ! Il s'agit du parfum COMPLÈTEMENT DÉBILE que toutes les vedettes portent… Tu t'asperges généreusement de ce liquide aux odeurs suaves. C'EST STRATÉGIQUEMENT TRÈS JUDICIEUX ! En effet, tu pourrais rencontrer quelqu'un de très très intéressant. OH LÀ LÀ ! Mieux vaut être prêt à tout…

Retourne au numéro 106.

111 Tu prends ce curieux flacon et tu l'ouvres. Une nuée d'abeilles-zombis s'échappent du contenant et te piquent partout sur le corps. Tu cours jusqu'au lac et tu te jettes dans l'eau. Enfin débarrassé de ces bestioles ressuscitées…

Enlève un point à ta ligne de vie et retourne au numéro 106.

Tu n'es peut-être pas au courant, mais ta configuration faciale vient de changer dramatiquement…

LES PAGES DU DESTIN

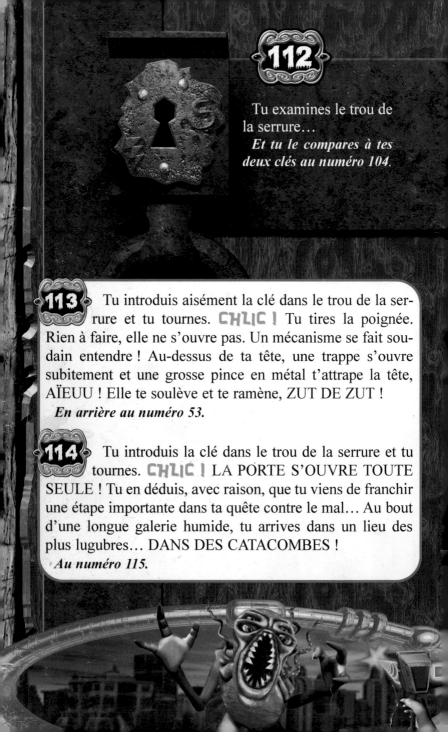

112

Tu examines le trou de la serrure…

Et tu le compares à tes deux clés au numéro 104.

113 Tu introduis aisément la clé dans le trou de la serrure et tu tournes. **CHLIC !** Tu tires la poignée. Rien à faire, elle ne s'ouvre pas. Un mécanisme se fait soudain entendre ! Au-dessus de ta tête, une trappe s'ouvre subitement et une grosse pince en métal t'attrape la tête, AÏEUU ! Elle te soulève et te ramène, ZUT DE ZUT !

En arrière au numéro 53.

114 Tu introduis la clé dans le trou de la serrure et tu tournes. **CHLIC !** LA PORTE S'OUVRE TOUTE SEULE ! Tu en déduis, avec raison, que tu viens de franchir une étape importante dans ta quête contre le mal… Au bout d'une longue galerie humide, tu arrives dans un lieu des plus lugubres… DANS DES CATACOMBES !

Au numéro 115.

115

118

119

Quelles parties
de cet ossuaire
macabre veux-tu
explorer ?
*Choisis
un numéro…*

116

117

LES PAGES DU DESTIN

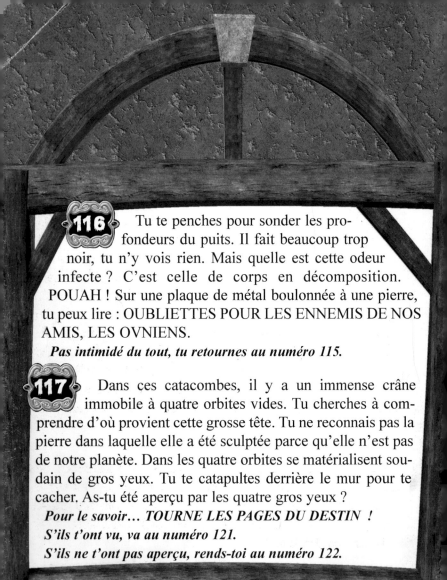

116 Tu te penches pour sonder les profondeurs du puits. Il fait beaucoup trop noir, tu n'y vois rien. Mais quelle est cette odeur infecte ? C'est celle de corps en décomposition. POUAH ! Sur une plaque de métal boulonnée à une pierre, tu peux lire : OUBLIETTES POUR LES ENNEMIS DE NOS AMIS, LES OVNIENS.

Pas intimidé du tout, tu retournes au numéro 115.

117 Dans ces catacombes, il y a un immense crâne immobile à quatre orbites vides. Tu cherches à comprendre d'où provient cette grosse tête. Tu ne reconnais pas la pierre dans laquelle elle a été sculptée parce qu'elle n'est pas de notre planète. Dans les quatre orbites se matérialisent soudain de gros yeux. Tu te catapultes derrière le mur pour te cacher. As-tu été aperçu par les quatre gros yeux ?

Pour le savoir… TOURNE LES PAGES DU DESTIN !

S'ils t'ont vu, va au numéro 121.

S'ils ne t'ont pas aperçu, rends-toi au numéro 122.

118 Mais que font ici ces appareils de torture de l'époque médiévale ? Autour de toi, plusieurs fantômes de prisonniers torturés te saisissent et t'enchaînent à l'une des machines à supplices. La grande roue se met à tourner et ton corps est soudain étiré, et étiré encore. Heureusement, le bois pourri de la machine cède avant que tu ne sois complètement écartelé. Effrayés, les fantômes disparaissent. Tu te relèves et tu remarques que tu as grandi de cinq centimètres. Maintenant, dans tes vêtements trop petits pour toi, tu as l'air complètement ridicule…

Pour le « look », enlève deux points à ta ligne de vie et retourne au numéro 115.

119 Guidé dans la galerie par la luminescence des milliers de vers luisants qui rampent partout sur les parois humides et sur le sol vaseux, tu atteins une grande caverne… C'EST L'ANTRE MÊME DU SORCIER !

Va au numéro 120.

LES PAGES DU DESTIN

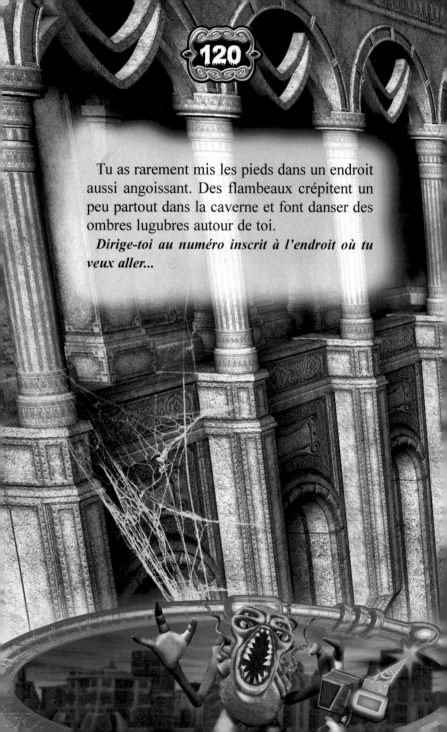

Tu as rarement mis les pieds dans un endroit aussi angoissant. Des flambeaux crépitent un peu partout dans la caverne et font danser des ombres lugubres autour de toi.

Dirige-toi au numéro inscrit à l'endroit où tu veux aller...

LES PAGES DU DESTIN

121 QUADRUPLE ZUT ! Ils t'ont aperçu. Tu voudrais rebrousser chemin, mais une cage t'englobe, te soulève et te dirige vers le puits sans fond d'où émane une odeur pestilentielle. En y mettant toutes tes forces, tu parviens à plier deux barreaux. Tu sautes juste avant que la cage ne tombe dans le puits. Elle dégringole en émettant des bruits sourds et de plus en plus lointains. Tu t'en es sorti, sauf que maintenant, les ovniens savent EXACTEMENT où tu te trouves…

Retourne au numéro 115.

122 Les quatre yeux tournent dans les orbites du crâne de pierre et regardent partout. Il est clair pour toi qu'il s'agit d'un système de haute surveillance très sophistiqué. CES OVNIENS SONT VRAIMENT BIEN ÉQUIPÉS ! Ces créatures aimeraient bien avoir une idée précise de ta progression. Si tu pouvais leur jeter de la poudre aux yeux, ce serait parfait… OUAIS ! DE LA POUDRE AUX YEUX ! Tu ramasses quatre poignées de terre et tu les lances toutes les quatre… VERS LE GROS CRÂNE !

Tu t'enfuis en direction du numéro 119.

123 Derrière une arche, tu parviens à repérer un appareil de communication venu d'un autre monde. Tu te dis que tu pourrais, avec ce curieux bidule électronique, entendre certaines des communications extraterrestres ! Ça pourrait vraiment t'aider à prévoir leurs manœuvres. En supposant, bien sûr, que tu peux comprendre leur langue… Tu appuies sur un bouton au hasard. Soudain, les lumières se mettent à clignoter, et deux mains formées d'étincelles apparaissent et tentent de t'attraper… Vont-elles y parvenir ? Pour le savoir…

TOURNE LES PAGES DU DESTIN !

Si elles t'attrapent, va au numéro 126.

Si tu réussis à t'enfuir, cours jusqu'au numéro 127.

124 Tu marches lentement sur cet insolite îlot suspendu au-dessus de la lave bouillonnante jusqu'au vieux livre millénaire. Tu essaies de lire les textes, mais ils sont écrits dans une langue qui t'est totalement inconnue.

Voilà comment ce sorcier est entré en communication avec les ovniens. C'est ce fou qui a donné la planète Terre en pâture à ces créatures malintentionnées.

Retourne au numéro 120.

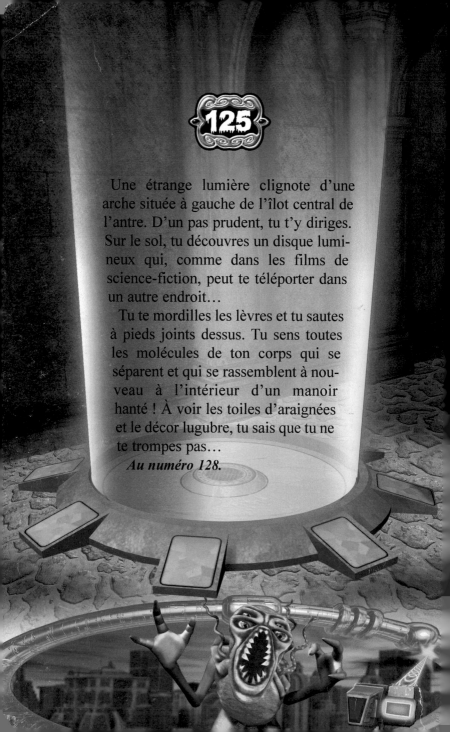

125

Une étrange lumière clignote d'une arche située à gauche de l'îlot central de l'antre. D'un pas prudent, tu t'y diriges. Sur le sol, tu découvres un disque lumineux qui, comme dans les films de science-fiction, peut te téléporter dans un autre endroit…

Tu te mordilles les lèvres et tu sautes à pieds joints dessus. Tu sens toutes les molécules de ton corps qui se séparent et qui se rassemblent à nouveau à l'intérieur d'un manoir hanté ! À voir les toiles d'araignées et le décor lugubre, tu sais que tu ne te trompes pas…

Au numéro 128.

126 LES DEUX MAINS ÉLECTRIFIÉES S'ENROULENT AUTOUR DE TES BRAS ET TE SAISISSENT ! Tes cheveux se dressent sur ta tête et tu t'évanouis. Tu recouvres lentement tes sens. Es-tu encore en vie ? OUI ! Tu te relèves et tu remarques que maintenant, tout ton corps brille dans le noir. Comme ça va être pratique ! Tu n'auras plus jamais besoin d'allumer la lumière la nuit lorsque tu voudras aller à la toilette…

Enlève quatre points à ta ligne de vie et retourne au numéro 120.

127 Tu t'écartes juste avant d'être électrocuté ! FIOU ! Les deux mains disparaissent et s'engouffrent dans l'appareil. Tu t'approches, et sans hésiter une seconde, tu appuies sur plusieurs autres boutons. Soudain, une voix criarde se fait entendre.

— EST-CE QUE CE SERA TOUT ?

— TOUT ! QUOI ? demandes-tu, éberlué…

— BON, RÉCAPITULONS ! continue la voix. Vous avez demandé un hamburger, une frite et une boisson gazeuse régime. Vous désirez un beigne pour dessert ?

Tu parles d'une cochonnerie ! Tu n'es pas branché au système de communication des ovniens… Tu es connecté à l'émetteur radio du service à l'auto du resto… VITVIT BURGER !

Tu retournes au numéro 120.

LES PAGES DU DESTIN

128

Pas le temps de moisir ici !
*Alors, rends-toi au numéro inscrit près de
l'endroit que tu veux examiner…*

131

LES PAGES DU DESTIN

129

— Mais qui peut bien vouloir décorer sa demeure d'aussi horribles tableaux ? t'exclames-tu.

La réponse ne tarde pas à venir ! Une main bleue sort subitement dudit tableau et se dirige vers ta gorge. Il est clair que ce fantôme n'a pas digéré ton commentaire. Est-ce qu'il va réussir à t'attraper ?

TOURNE LES PAGES DU DESTIN !

S'il t'attrape, va au numéro 133.

Si tu réussis à t'enfuir, rends-toi au numéro 132.

130 Tu connais cette histoire d'un miroir qui pouvait voir où se trouvait le couloir au bout duquel se cachaient, dans le noir…, CES IGNOBLES OVNIENS ! C'est celui-là ! Plonge à l'intérieur du miroir pour être téléporté directement…

À leur base au numéro 134.

131 Tu crois vraiment que ce chandelier va t'éclairer dans cette histoire ? Qu'il va te guider et te conseiller ? BON ! Espérons que ce court moment de folie ne soit justement qu'un TRÈS TRÈS court moment de folie.

Tu examines le chandelier à la recherche d'un indice quelconque. Collée avec du ruban gommé, tu retrouves une note sur laquelle il est écrit : TU BRÛLES !

Tu sautes de joie, car tu sais maintenant que tu es près de ton objectif. Oui ! NOOON ! Ce chandelier diabolique vient de mettre le feu à tes vêtements ! Tu te jettes sur le plancher pour éteindre les flammes…

C'est avec quatre points en moins à ta ligne de vie que tu retournes au numéro 128.

132 Loin du fantôme, tu t'arrêtes devant un deuxième tableau. Sur celui-ci, il y a une bouteille d'élixir peinte sur la toile. Tu réfléchis en te frottant le menton. Tu tends la main vers la toile, et comme tu l'espérais, elle pénètre dans la peinture même. Tu saisis le flacon, tu le sors du tableau et tu bois tout le contenu…

Ajoute deux points à ta ligne de vie et retourne au numéro 128.

LES PAGES DU DESTIN

133

La main du fantôme saisit ton cou. Tu tentes d'attraper le bras afin de l'écarter, mais tes mains passent dans le vide. Le fantôme te tire dans le tableau et tu fais maintenant partie du décor peint sur la toile. Tu restes là, immobile, quelques minutes en attendant le moment propice pour t'échapper. Le grand personnage peint sur la toile ferme les yeux de fatigue…

Tu te propulses vers le numéro 128 avec trois points de moins à ta ligne de vie…

LES PAGES DU DESTIN

138

Tu as peine à contenir tes émotions. Les ovniens sont là, enfin, affairés à finaliser les derniers préparatifs pour la dernière attaque. Celle qui exterminera TOUTE la race humaine : ces *insectes insignifiants qui leur font obstacle*, comme ils disent avec arrogance.

WOW ! tu n'as
jamais vu autant de V.V.G !
Il y a des centaines de ces véhicules
volants de guerre…

*Tu choisis un numéro et tu fonces avec ton
zappor…*

LES PAGES DU DESTIN

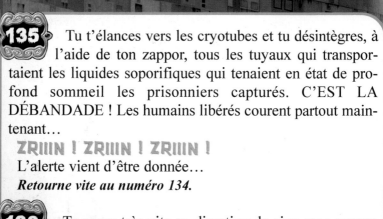

135 Tu t'élances vers les cryotubes et tu désintègres, à l'aide de ton zappor, tous les tuyaux qui transportaient les liquides soporifiques qui tenaient en état de profond sommeil les prisonniers capturés. C'EST LA DÉBANDADE ! Les humains libérés courent partout maintenant…

ZRIIIN ! ZRIIIN ! ZRIIIN !

L'alerte vient d'être donnée…

Retourne vite au numéro 134.

136 Tu cours très vite en direction de cinq gros canons qui peuvent réduire en poussière toute une ville d'un simple tir. Une troupe d'ovniens armés jusqu'aux dents barre la route. Rebrousser chemin… JAMAIS ! Tu appuies sur la détente de ton zappor et tu les arroses de ton rayon pulvérisateur…

Mets un signet à cette page, ferme ton livre et essaie de l'ouvrir en visant bien le centre.

Si tu rates ton tir, va au numéro 139.

Si tu réussis à atteindre les ovniens, rends-toi au numéro 140.

137

Tu reconfigures rapidement les cibles de toutes les armes de tous les vaisseaux de la flotte des envahisseurs… ET TU APPUIES SUR ENTRÉE ! BIEN SÛR ! Lorsqu'ils feront feu de leurs armes, ILS S'AUTODÉTRUIRONT TOUS, SIMULTANÉMENT !

Mais tu n'as pas le temps de célébrer ta victoire : tu te sens dématérialisé par un téléporteur vers le numéro 142.

LES PAGES DU DESTIN

C'EST CE QUI S'APPELLE SE JETER DANS LA GUEULE DU LOUP !

Tu te précipites vers la troupe d'ovniens avec la ferme intention de leur faire rendre l'âme. Ils t'accueillent en tirant quelques salves dans ta direction. Tu les esquives adroitement en te jetant sur le sol.

Tu te relèves, car c'est maintenant à ton tour. Tu appuies sur la détente de ton zappor et tu les pulvérises tous. Des membres verts et des têtes à quatre yeux volent partout. DÉGOÛTANT !

Tu files vers le numéro 141.

 ZRAAAK ! C'est raté… Tous les ovniens t'entourent et font feu.

SLOOOONG ! SLOOOONG ! SLOOOONG ! SLOOOONG ! SLOOOONG ! SLOOOONG !

Tu as été touché à trois endroits… De violentes déflagrations secouent la base des ovniens.

Enlève six points à ta ligne de vie et tente de t'éclipser par le numéro 134.

140 **SPLOOOUUURBBB !** Tu viens de les rayer de la carte…

Sur la glu laissée sur le sol par leurs corps démembrés, tu glisses en patinant vers les canons. Là, tu colles une *gomme à mâcher-hyperbombe* sur le mécanisme d'un canon et tu files te mettre à l'abri…

BRAAAAOOOUUUMMM !

L'explosion secoue violemment le sol et détruit tous les canons. La perte de ces armes à destruction massive va diminuer considérablement les ardeurs des envahisseurs…

Tu reviens au numéro 134.

141 Autour de toi, les autres terriens révoltés saccagent la base et éliminent les derniers ovniens. C'est une victoire triomphale, mais la guerre est loin d'être gagnée ! Partout sur la Terre, dans chaque pays, dans chaque ville, la menace est toujours présente.

Lorsque tu regardes d'une mine réjouie un des vaisseaux ovniens qui brûle devant toi, tu remarques que le canon principal comporte un petit radar. Il ne faut pas être un *génie de l'ordi* pour comprendre qu'il s'agit d'un système d'*autovisée* conçu pour repérer leurs ennemis. Il a été configuré pour trouver les terriens ! Il peut donc être reconfiguré pour repérer leurs propres vaisseaux à eux… ET LES DÉTRUIRE !

Tu te propulses vers leur tour de contrôle au numéro 143.

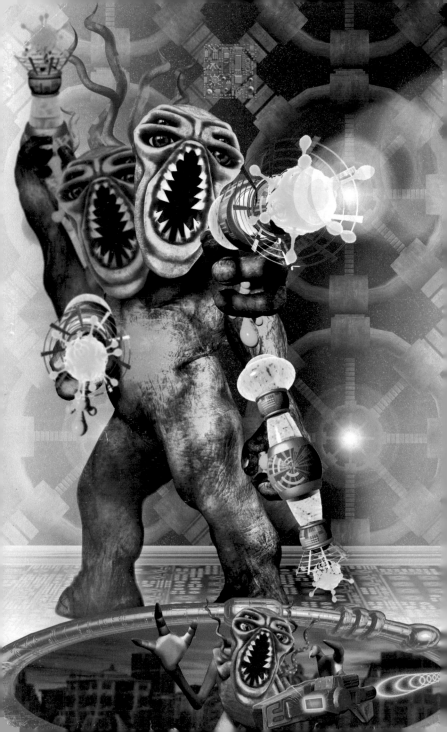

142

TU VIENS D'ÊTRE TÉLÉPORTÉ DANS UN IMMENSE V.V.G., LE VAISSEAU MÈRE DES OVNIENS ! Et devant toi se tient une gigantesque créature à quatre bras et à deux têtes. Tes cheveux se hérissent sur la tienne ! Lui, c'est le roi ? Le chef ? Le commandant ? Le prince ? Enfin, appelle-le comme tu veux, il s'agit du patron des ovniens, et il est en SUPER ROGNE, CAR TU ES EN TRAIN DE BOUSILLER SON PLAN D'INVASION !

Il tient dans chacune de ses quatre mains un puissant ZX-TRAKK... UN PULVÉRISATEUR TOUT DERNIER MODÈLE !

— ⎰⎱⎰⎃⎁ ⎁⎰ ⎁⎁⎂⎰⎃⎁⎄ ⎰⎅⎅⎰⎁ ⎰⎂⎅⎅⎄

Tu n'as rien compris de ce qu'il vient de te gueuler, mais tu te doutes qu'il s'agit d'un tas d'insultes et de bêtises qu'il vaut mieux ne pas traduire.

Rapide comme l'éclair, tu parviens à éviter son premier tir et riposter avec ton zappor.

Mets un signet à cette page, ferme ton livre et essaie de l'ouvrir en visant bien le centre.

Si tu rates ton tir, va au numéro 150.

Si tu réussis à atteindre ton ennemi, rends-toi au numéro 149.

143 Tout à fait en haut de la tour, tu t'assois devant une console. Ce qui te semble tout d'abord totalement incompréhensible devient très clair lorsque tu appuies sur un bouton sur lequel est écrit : MODE FRANÇAIS ! WOW ! C'est beau la technologie…

Tu fais craquer tes doigts, et en appuyant sur les touches du clavier, rends-toi au numéro 137.

144 **ZRAAAK !**

Tu l'as raté… ENCORE !

Le gros ovnien pointe seulement deux de ses armes dans ta direction et fait feu une autre fois.

SLOOOONG ! **SLOOOONG !**
SLOOOONG !
SLOOOONG ! SLOOOONG !

Cinq autres points de ta ligne de vie viennent encore de disparaître. Va au numéro 146.

ZROOOK !

TU L'AS ATTEINT ENCORE !

Le gros ovnien tombe lourdement sur le dos, puis se relève… Il ne lui reste plus aucun bras, seulement ses deux gueules immondes bourrées de dents mortelles. Tu tires de nouveau avec ton zappor…

Vise avec ton livre…

Si tu rates ton tir, va au numéro 152.

Si tu réussis à atteindre l'ovnien, rends-toi au numéro 147.

146 De belles étoiles viennent soudain d'apparaître autour de toi. Regarde là-bas la grande lumière vive ! BYE BYE !

Les ovniens passent à l'attaque ! Les grandes nations du monde n'offrent que peu de résistance face à leurs armes de destruction massive. En quelques jours seulement, ils parviennent à conquérir et à s'approprier la Terre. Mais ces cruels envahisseurs ne cesseront de détruire que lorsqu'il ne restera plus rien de vivant sur la planète : aucun humain, aucun animal, aucun insecte… RIEN !

FIN

LES PAGES DU DESTIN

147 Frappé mortellement, le gros ovnien titube et s'affaisse sur le plancher comme un corps mou à qui l'on vient d'enlever tout le squelette d'un seul coup.

Soudain, le grand vaisseau s'ébranle et tous les écrans autour de toi se mettent à clignoter. Un message apparaît ensuite :

ᄇᄀ፤ᄃ ᄀ ᄀ፡ᄂᄃᄇᄃ፤ !!ᄅ ᄅᄂᄇᄃᄀ

ILS VONT AMORCER LEUR ATTAQUE ! Si tu ne quittes pas ce vaisseau IMMÉDIATEMENT, tu seras pulvérisé avec lui…

Tu sautes sur le disque de « téléportation » au numéro 157.

148

TU AS ENCORE MAL VISÉ…

Le gros ovnien te saute encore au cou et te mord une fois de plus.

Cinq autres points de ta ligne de vie viennent de disparaître.
Va au numéro 146.

149

TU L'AS TOUCHÉ !

Le gros ovnien titube, tombe lourdement, puis se relève difficilement… POUAH ! Il ne lui reste plus que deux bras. Tu tires de nouveau avec ton zappor…

Vise avec ton livre…
Si tu rates ton tir, va au numéro 155.
Si tu réussis à atteindre l'ovnien, rends-toi au numéro 145.

150 ZRAAAK !

C'est raté…

Le gros ovnien pointe ses quatre armes dans ta direction et fait feu à son tour.

SLOOOONG !

SLOOOONG !

SLOOOONG !

SLOOOONG !

SLOOOONG !

SLOOOONG !

Cinq points de ta ligne de vie viennent de disparaître d'un seul coup. Si tu as survécu, tire une autre fois avec ton zappor.

Si tu rates encore ton tir, rends-toi au numéro 144.

Si tu réussis à atteindre l'ovnien, va au numéro 153.

151 ZROOOOK !

TU L'AS ATTEINT ENCORE !

Le gros ovnien tombe lourdement sur le dos, puis se relève… Il ne lui reste plus aucun bras, seulement sa gueule immonde bourrée de dents mortelles. Tu le vises de nouveau avec ton zappor…

Vise avec ton livre…

Si tu rates ton tir, va au numéro 154.

Si tu réussis à atteindre l'ovnien, rends-toi au numéro 147.

ZRAAAK !

C'est raté…

Le gros ovnien te saute au cou comme un vampire inter-stellaire et te mord.

Cinq points de ta ligne de vie viennent de disparaître d'un seul coup. Si tu as survécu, tire une autre fois avec ton zappor.

Si tu rates encore ton tir, va au numéro 148.

Si tu réussis à atteindre l'ovnien, rends-toi au numéro 147.

 ZROOOK !

TU L'AS TOUCHÉ !

Le gros ovnien titube, tombe lourdement, puis se relève… Il ne lui reste plus que deux bras. Tu tires de nouveau avec ton zappor…

Vise avec ton livre…

Si tu rates ton tir, va au numéro 156.

Si tu réussis à atteindre l'ovnien, rends-toi au numéro 151.

 ZRAAAK !

C'est raté…

Le gros ovnien te saute au cou comme un vampire inter-stellaire et te mord.

Rends-toi au numéro 146.

ZRAAAK !

Tu l'as raté !

Le gros ovnien pointe ses deux armes dans ta direction et fait feu.

SLOOOONG ! SLOOOONG !

Cinq points de ta ligne de vie viennent de disparaître d'un seul coup. Si tu as survécu, tire une autre fois avec ton zappor.

Si tu rates ton tir, va au numéro 156.

Si tu réussis à atteindre l'ovnien, rends-toi au numéro 151.

 ZRAAAK !

Tu l'as encore une fois raté…

Le gros ovnien pointe ses armes dans ta direction et fait feu une deuxième fois.

SLOOOONG ! SLOOOONG !

L'attaque t'est fatale…

Cinq autres points de ta ligne de vie viennent encore de disparaître. Va au numéro 146.

Ton corps grésille et tu te reformes à la base des ovniens sur la Terre. Autour de toi, tout a été détruit. Des dizaines de V.V.G. brûlent et il y a des corps d'ovniens partout. La victoire semble acquise…

Dans l'espace, une détonation lointaine résonne. Le vaisseau mère vient de se transformer en millions de confettis métalliques qui volent et qui brillent entre les étoiles…

VOILÀ ! C'EST FAIT ! Tu as sauvé la Terre…

Ta photo est partout sur la première page de tous les journaux du monde entier. Les gens peuvent voir ta frimousse sur toutes les chaînes de télé.

— NE BOUGE PAS ! insiste l'artiste. GARDE LA POSE !

UN ARTISTE ! OUAIS ! Un sculpteur s'apprête à créer une statue à ton image. Ce n'est vraiment pas facile, la vie de légende…

**FÉLICITATIONS !
TU AS RÉUSSI À TERMINER
TON AVENTURE…**